U0007490

駱馬君
總是我行我素的。
但是並沒有惡意喔。

樹獺君
動作非常地緩慢。
但並不是想要偷懶。

水豚仔
水豚君的弟弟們。
老是想要模仿老大。

游〜游

水豚仔老大
水豚仔的老大。
非常仰慕水豚君。

跳跳君
消息靈通的情報通
但是一靠近
就會發癢。

水豚君
悠然自得的步調。喜歡草和溫泉。

水豚君與他的朋友們

噗！噗！

暴走君
自稱不良的水豚鼠。

水豚爺爺
怪怪知識家。

飼育員小哥
最喜歡水豚君。
非常勤勞。

嘆
嘆

熱血君
充滿男子氣概，熱血的水豚鼠。
心地善良。

米白君
從都市歸來，很有紳士風度的
水豚鼠。血統優良。

土撥鼠普雷利兄弟
雙胞胎土撥鼠。

懷特小姐
稀有的白色水豚鼠。不斷追求美白新境界。

水豚君　　　　你好

發呆～　　　摩呷摩呷...

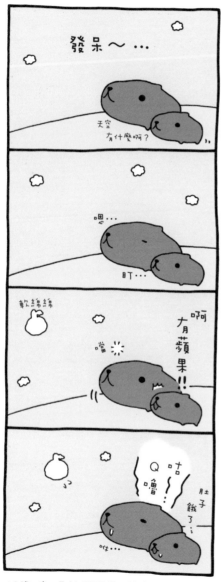

*Q嚕＝きゅる（水豚鼠的叫聲）　　　*摩呷＝もっしゃ（大快朵頤的聲音）

嘶嘶　　　嗨

稍微，午睡一下　　說到春天

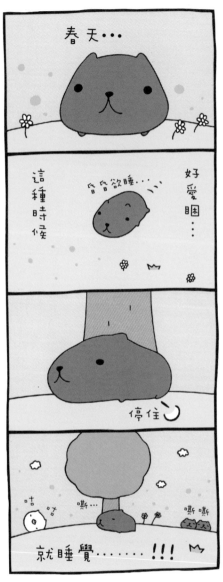

哎喲　　　　駱馬君

差不多該睡了...

其實

蘋果　2

蘋果

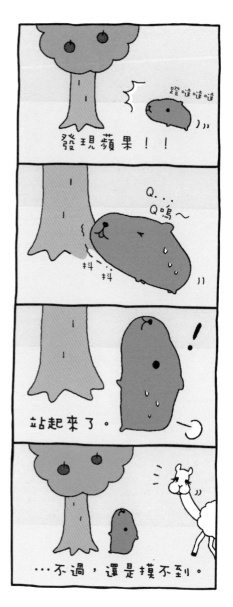

問候

樹獺君

花　　　　　瓢虫

春天的嘆氣　　昏昏欲睡

櫻花盛開 櫻花

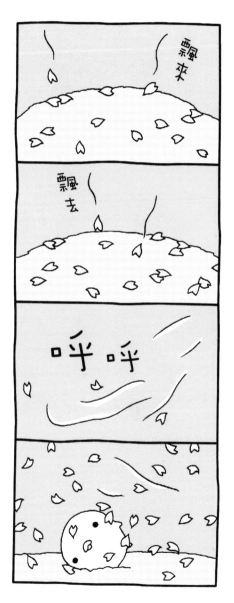

15

運動

咕—

呼！做了好多運動囉

涮嘍

摩咿　摩咿

嗝呃（打嗝）

小　飽

倒下

明天開始

減：肥：

咕嗚—

懷特小姐

懷特小姐是

稀有的 白色水豚鼠。

為什麼？為什麼？

那一定是…每天持續努力的成果吧

泥面膜

睡飽

回想

努力？成果？

不是的。

父　小時候　母

白色其實是天生的。

春天的日照　　　美白溫泉

不良　　　　　暴走君

噗噗 2

噗噗

遮雨棚

嘩啦嘩啦

終於停了

終於來了

駱馬君的惡作劇　　　做頭髮

*摩咕＝もぐもぐ（閉著嘴咀嚼的聲音）　　*些逗(台語)＝Set（做頭髮）

跟著我來？　　　小哥

風的惡作劇　　　　嘶

駱馬君的體貼 2

駱馬君的體貼

合唱　　　樹獺君的話

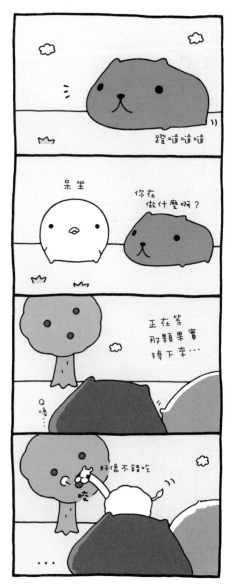

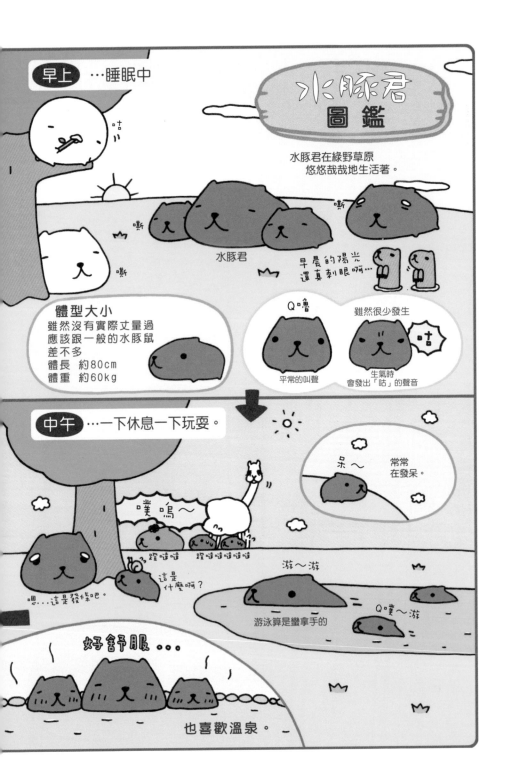

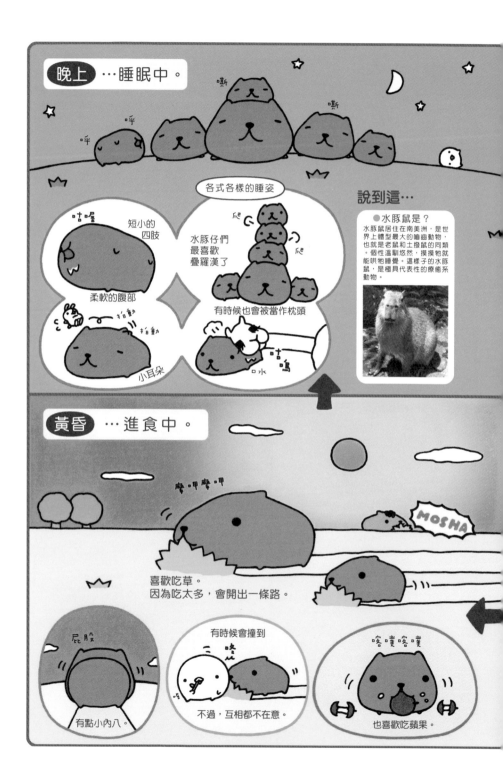

晚上 …睡眠中。

呼 呼 嘶 嘶

各式各樣的睡姿

咕嚕
短小的
四肢

柔軟的腹部

小耳朵

拍動
拍動

水豚仔們
最喜歡
疊羅漢了

爬 爬

有時候也會被當作枕頭

咕嚕
口水

說到這…

●水豚鼠是？
水豚鼠居住在南美洲，是世界上體型最大的囓齒動物，也就是老鼠和土撥鼠的同類。個性溫馴悠然，摸摸牠就能哄牠睡覺。這樣子的水豚鼠，是極具代表性的療癒系動物。

黃昏 …進食中。

摩呷摩呷

MOSHA

喜歡吃草。
因為吃太多，會開出一條路。

尼股

有點小內八。

有時候會撞到

不過，互相都不在意。

喀嚕喀嚕

也喜歡吃蘋果。

靡呷靡呷2

靡呷靡呷

日光浴　　　熱血君

*梅拉利＝メラリ（開心時喊的口號）

仰慕

其實不一樣喲

列隊　　　仰慕2

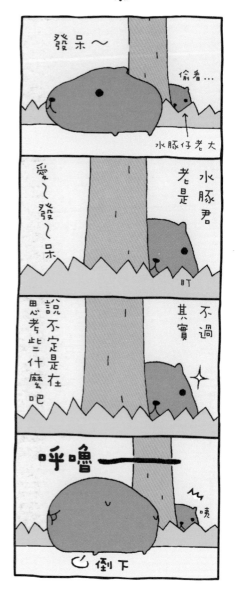

嗨

米白君

感動

我要長得像
水豚君一樣大！！

摩呷　摩呷　摩呷

我要吃
很多——

摩呷　摩呷　摩呷

這孩子，個子小小
卻這麼努力…

嗚嗚　嗚嗚

好！我也
來幫忙！！

!?

大口咬下

像水豚君一樣

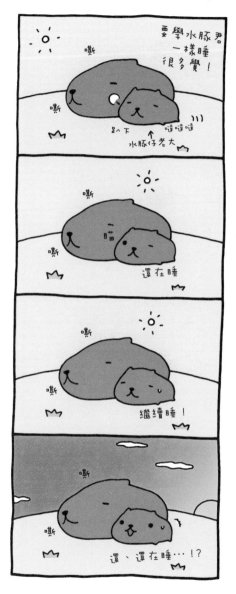

要學水豚君
一樣睡
很多覺！

嘶

嘶

趴下　→　嘻嘻嘻
水豚仔君老大

嘶

嘶

還在睡

嘶

嘶

繼續睡！

嘶

嘶

還、還在睡…!?

烈日　　　玩水

面膜

小心紫外線

炎熱的一天

夏日的水豚君

炎熱的一天3　　炎熱的一天2

那個是…　　　　　樹獺君的話2

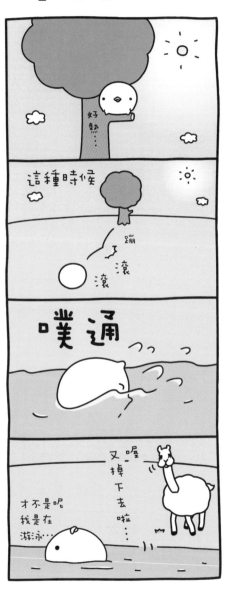

陽光　　　　　烏雲密佈

小圓扇　　　泡水

*搜里啊=メンゴ（原詞ゴメン，表示抱歉之意）

呼嚕 呼嚕　　　　Q…

滑落　　　　小鳥‥‥

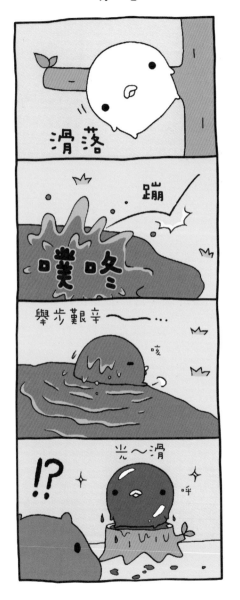

迷人之處

樹獺君的迷人之處是

蹦 ✓

圓圓的身體

摩嘶
摩嘶

小小的尾巴。

盯

圓點眼睛

Q彈

嘴唇...。

發呆一

發呆一

真叫人無法了解啊

你到底在想些什麼

轉身

嚇

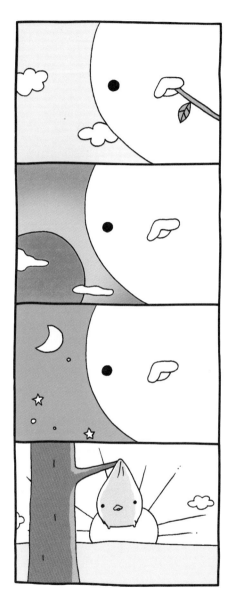

．．．。

巨大蘑菇

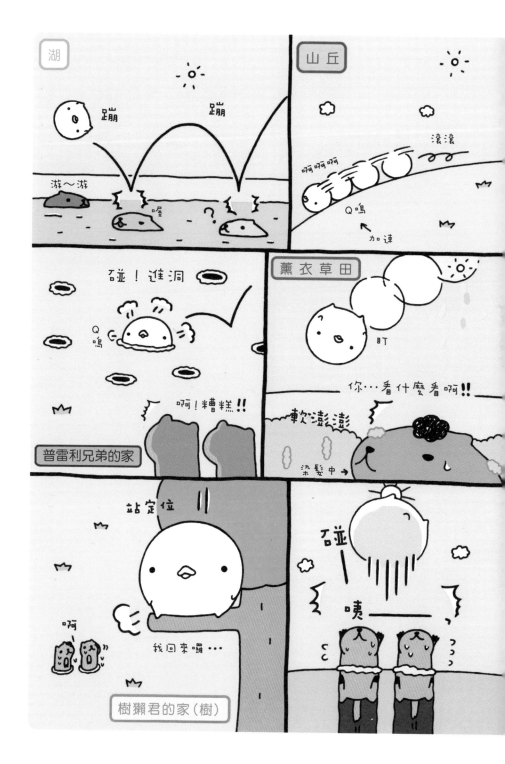

水豚爺爺　　　果真

夕陽

爺爺跟我們玩吧

發現

這個啊‥‥

一、二　　　　怎麼收集都

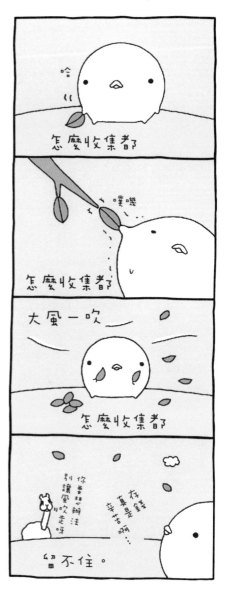

風雅米白君

發表

試吃　　　水豚爺爺的草

這附近的草帶有甜味
很好吃呢

是喔...

開動囉—

好吃

好吃

...有嗎?
跟平常的
沒什麼不同吧..

摩呷

摩呷

Q嚕　好甜　真的耶

摩呷

真的呢...

摩呷

摩呷

熱血君的疊羅漢　　豪邁的熱血君

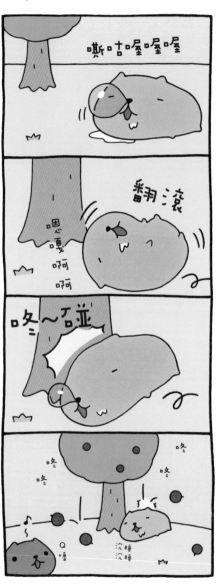

博學多聞的米白君　　　　嘶嘶 2

蘋果3　　駱馬君的體貼3

秋天來了　　　快快長大

雖然是紅的···　　還是綠的

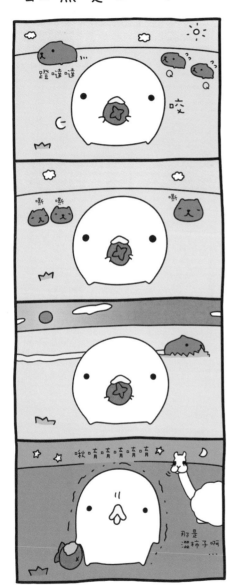 

眼神

楓葉

地瓜

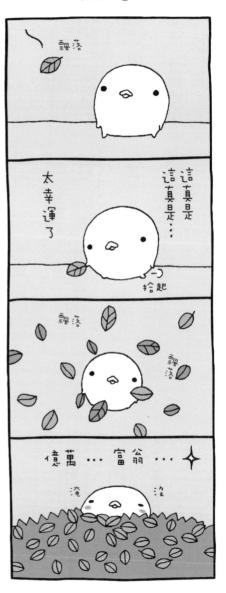

飄落

哇！

採蘑菇

跳蚤君

水豚君完全沒有發現

摩呷　摩呷

那個　那個

跳蚤君的存在。

水豚爺爺則是

那個…　摩呷　摩呷　那個…

怎麼了…　水豚爺爺那個啊～

嘰

這個草還真硬啊…

聽不見跳蚤君的聲音。

做夢也…

食欲之秋——

摩呷　摩呷

打盹…　打盹

大口大口

嘶　嘶

摩呷　摩呷

不論是睡著　還是醒著

摩呷　摩呷

果真是食欲之秋——

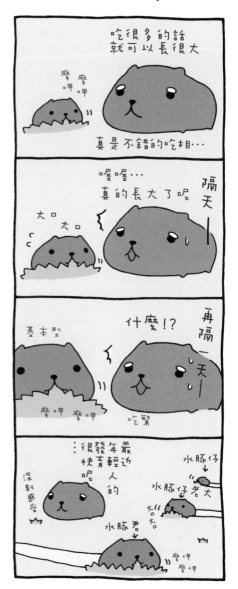

喂喂 水豚君

吃很多

跳蚤君是情報通

那個叫什麼來著

*鱈場蟹＝タラバガニ（又稱帝王蟹）

驕   軟綿綿

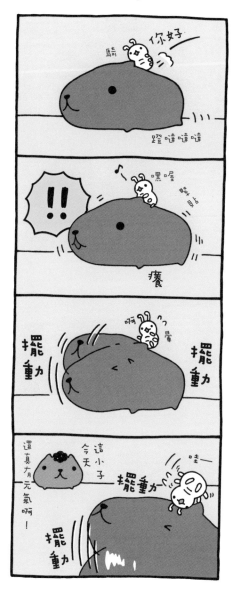 

Q.要怎麼樣才能長到那麼大呢？

A.應該是吃很多就可以吧…。

Q.為什麼動作那麼緩慢呢？

 A. ‧‧‧‧‧‧‧
嗯‧‧‧‧‧‧
有很慢嗎？

Q.蒲公英為什麼會變成棉絮般的毛啊？

A. 不就是換個髮型嗎？

Q. 我們也可以變成紫色嗎？

A. 對你們來說還
　　太早了。

Q. 偶爾會到這兒（綠野草原）來，到底是要做什麼啊？

A. 因為我很想見水豚君，
　　所以就來了。

Q. 布雷利兄弟為什麼要挖洞啊？

A. 因為想挖吧。

Q. 要怎麼做才能長大呢？

A. 乖乖吃飯和睡覺的
　　小孩就會長大…

A.‧‧‧‧‧‧
　　這樣啊。

Q. 水豚君、
　　水豚君！
　　忘了要問什麼了…

結束囉

找到了——

擠饅頭遊戲

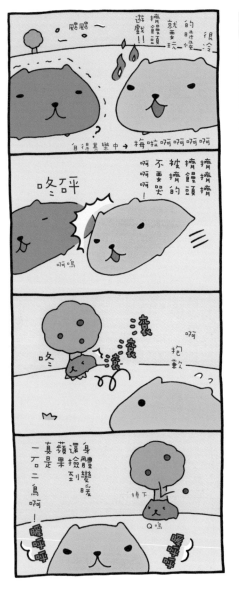

冬天也要熱血

！？

大風吹

樹獺君的話 3

別客氣

客滿

儲糧

哈啾

寒冷時的懷特小姐

冬天，當然是…

低溫的日子

大家的聖誕節　　聖誕節

好美　　　　　　　樹獺君的聖誕節

沙沙... 　　　　　　　雪...

水豚君歡慶7週年

感謝的心情就像花朵般的輕柔溫暖
謝謝大家，你們的支持就是KAPIBARASAN的原動力

水豚君至今已經7週年了，
在日本得到許多朋友們的支持與愛護。
今年水豚君來到這裡，希望也能與台灣做好朋友，
就在3/21於板橋車站設立了水豚君的第一間旗艦店！
歡迎大家來一起來玩喔。

（商品價格與尺寸若有誤，一切以門市網站資料為準）

特別商品介紹

棕色 　白色　鵝黃色 　▼此款詳見網站

水豚君7週年系列布偶　種類：棕/白/鵝黃　尺寸：身長約D21mm　價格：720元

背面 　正面　　背面  　正面

水豚君7週年馬克杯　種類：白色/粉紅色　尺寸：W40xH50xD55mm　價格：470元

水豚君7週年收納盒
種類：粉紅/鵝黃
尺寸：W360xH250xD2505mm
價格：435元

PK 粉紅　　YE 鵝黃

豚君幸運草信套組

介紹：清新蘋果綠，還另附貼紙喔
規格：信紙x20 信封x10 貼紙x1
價格：200元

水豚君米色信封

介紹：兩種圖案信封，另附貼紙
規格：信封x12 貼紙x1
價格：185元

水豚君草原計算機

介紹：水豚君圖案大注目
尺寸：約H6xH12.5cm
價格：530元

水豚君經典手機吊飾

介紹：讓水豚君隨時陪伴你
規格：粉紅/草原
價格：370元

水豚君咖啡手機吊飾

介紹：迷你的咖啡杯超精緻
備註：上面還有小串珠喔
價格：350元

水豚君旅行用頸枕

介紹：旅行舒眠頸枕，痠痛拜拜
尺寸：直徑約32cm
價格：840元

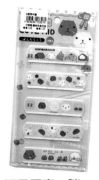

K豚君便條本

介紹：內頁有兩種漂亮圖案唷(右款)
尺寸：W6xH9cm
價格：100元

水豚君檸檬護唇膏

介紹：有潤唇保濕效果
香味：檸檬香
價格：190元

水豚君圖案OK蹦

介紹：貼上患處快快好
規格：5種圖案各2片
價格：125元

(商品價格與尺寸若有誤，一切以門市網站資料為準)

不良君造型自動原子筆
介紹：紫色水豚與眾不同
墨水：黑（按壓使用）
價格：240元

樹獺君造型自動原子筆
介紹：圓圓的樹獺好可愛
墨水：黑（按壓使用）
價格：240元

水豚君咖啡系列布偶手機座
介紹：手機放在咖啡杯裡拿取方便
尺寸：約28-30cm
價格：900元（共2款）

水豚君馬卡龍抱枕
介紹：可口的馬卡龍造型
規格：巧克力/草莓
價格：790元

水豚君郊遊趣公仔吊飾
介紹：郊遊的變裝造型水豚君，開心出門野餐去！
規格：水豚君/懷特小姐
價格：450元

水豚君郊遊趣變裝衣服
介紹：變裝後的水豚君更卡娃伊了
尺寸：30cm水豚君布偶適用
價格：900元（共2款）

水豚君日式坐墊公仔手機螢幕擦吊飾
介紹：還附一個小浣熊螢幕擦拭片喔，既美觀又實用
規格：水豚君/懷特小姐
價格：340元

（商品價格與尺寸若有誤，一切以門市網站資料為準）

KAPIBARASAN

水豚君旗艦店開幕消費歡樂送

活動時間：即日起 - 2012/07/31
活動地點：水豚君旗艦店（板橋車站環球購物中心1F西出口）
活動資格：持此DM之消費者
活動內容：只要於活動期間內符合資格之消費者，消費滿千即贈精美小禮物。

經典限定版　　　旗艦限定版　　　7週年花樣版　　　7週年風景版　　　7週年粉嫩版

憑此DM消費滿千送限量小禮物

憑此DM至店內消費滿1000，贈會員卡、分頁資料夾各1個
憑此DM至店內消費滿2000，贈會員卡、帆布手提袋各1個
加入粉絲團於旗艦店消費滿1000打卡就有機會獲得限定龍年水豚君喔（詳洽下方網址）

6/30 當日水豚君資料夾任你選

為回饋喜愛水豚君又希望能蒐集所有款式贈品之粉絲們，
活動最後一天將開放資料夾自由選。只要您於當日店內消費滿1000元以上，
即贈分頁資料夾1個，款式任你挑選喔！（活動內容若有更動依水豚君官網為主）

 www.fan-mei.com　f www.facebook.com/kapibarasan.tw

憑截角可領取小禮一份　水豚君

米白君的浪漫

登場

積雪

低溫的日子 2

駱馬君說的話　　　嗨

大家的一年　　歲末

水獺君 的 骰子遊戲

擲骰子Q!

跳跳君
告知捷徑

前進2格

掉進普雷利兄弟
的洞

（前進至拿旗子的
普雷利兄弟那格）

因為肚子餓了
所以大口大口吃草

前進3格

掉進河流！
被沖走…

擲骰子
偶數→前進3格
奇數→後退2格

吃了懷特小姐
推薦的草
結果肚子痛

休息1次

START

骰子
？

柚子溫泉！
悠閒地泡個澡吧

休息2次

88

啊！春天⋯

還很冷

跳蚤君與花　　春天來了

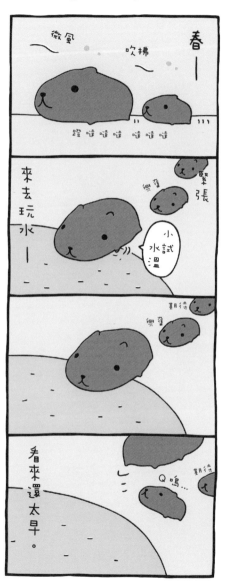

草莓 3　　普雷利兄弟的春天

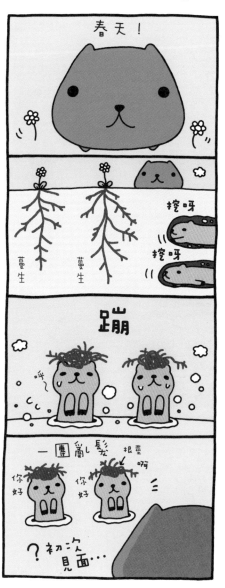

午睡

微風輕拂

今 天 也 是 …　　　好 暖 和

●TRYWORKS

TRYWORKS是由11名女性組成的團隊。
以製作「水豚君」相關作品為主，跨足產品製作、
促銷活動及推廣活動等綜合性集團。
致力於追求和氣、歡樂、可愛的事物。
© TRYWORKS

四格漫畫　水豚君

作　　者／TRYWORKS（株式會社BANPRESTO）
翻　　譯／黃嬿庭
責任編輯／高雅湞
美術設計／樂奇國際有限公司 林欣蓓

總 編 輯／賈俊國
副 總 編／蘇士尹
資深主編／劉佳玲
行銷企劃／張莉滎

發 行 人／何飛鵬
法律顧問／台英國際商務法律事務所　羅明通律師
出　　版／布克文化出版事業部
　　　　　台北市民生東路二段141號8樓
　　　　　電話：02-2500-7008　傳真：02-2502-7676
　　　　　Email：sbooker.service@cite.com.tw
發　　行／英屬蓋曼群島商家庭傳媒股份有限公司城邦分公司
　　　　　台北市中山區民生東路二段141號2樓
　　　　　書虫客服服務專線：02-25007718；25007719
　　　　　24小時傳真專線：02-25001990；25001991
　　　　　劃撥帳號：19863813；戶名：書虫股份有限公司
　　　　　讀者服務信箱：service@readingclub.com.tw
香港發行所／城邦（香港）出版集團有限公司
　　　　　香港灣仔駱克道193號東超商業中心1樓
　　　　　Email：hkcite@biznetvigator.com
馬新發行所／城邦（馬新）出版集團 Cité (M) Sdn. Bhd. (458372U)
　　　　　11, Jalan 30D/146, Desa Tasik, Sungai Besi,
　　　　　57000 Kuala Lumpur, Malaysia.
　　　　　電話：+603-90563833　傳真：+603-90562833
印　　刷／韋懋實業有限公司
初　　版／2012年（民101）6月
售　　價／250元

布克文化　城邦讀書花園
WWW.SBOOKER.COM.TW　www.cite.com.tw